D.W. la quisquillosa

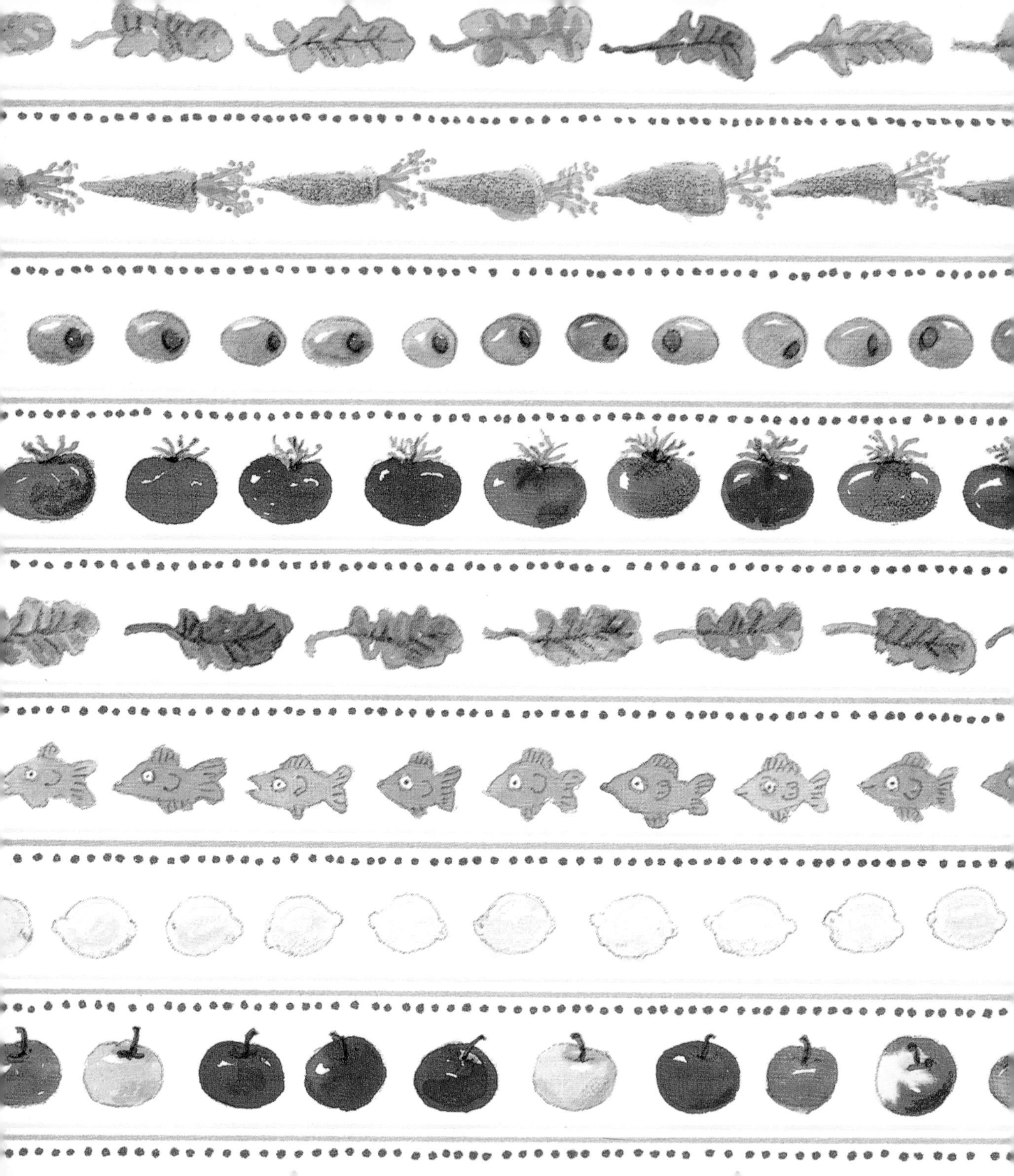

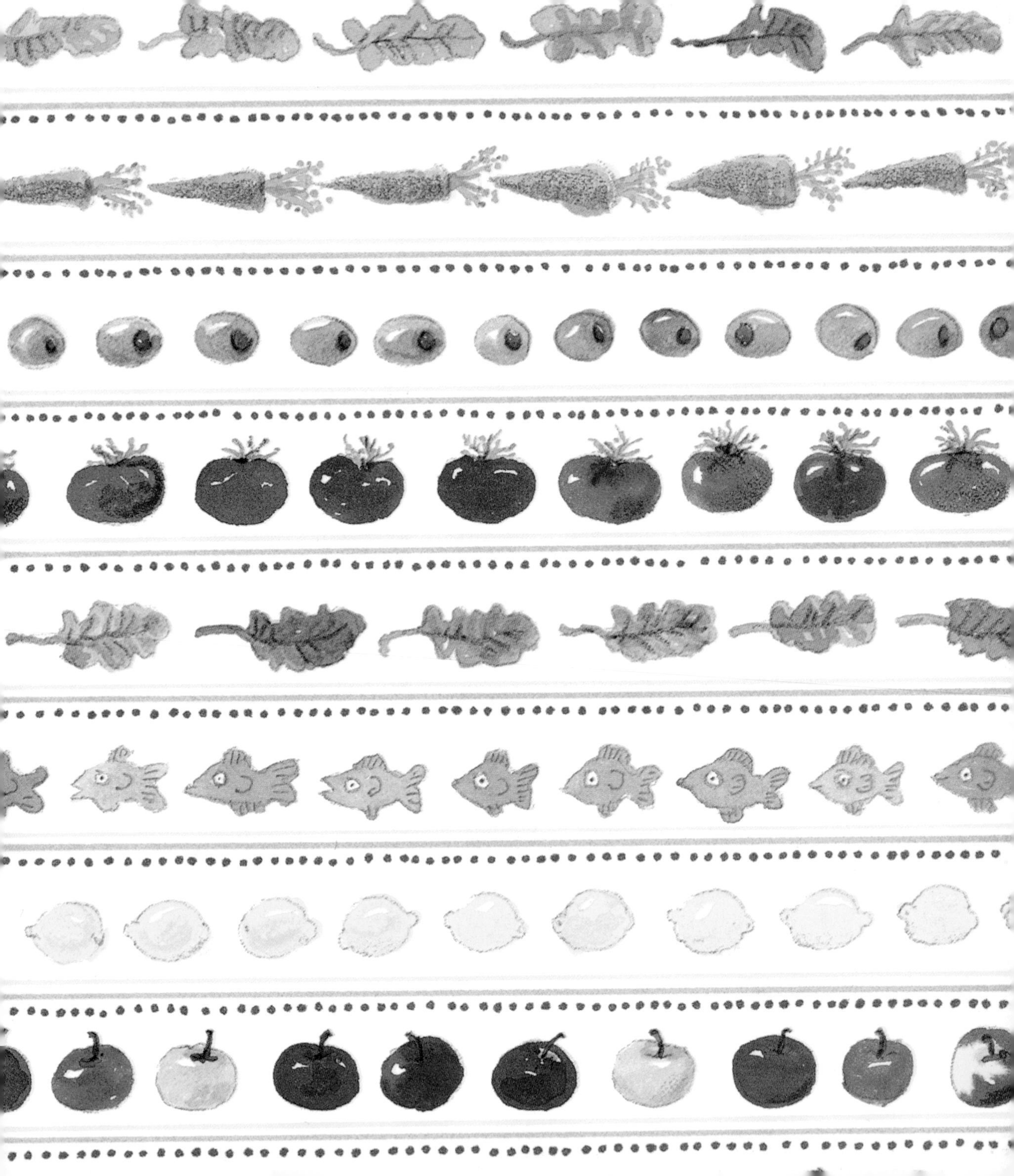

D.W. la quisquillosa

Marc Brown

Traducido por Esther Sarfatti

A Laurie Krasny Brown, la persona menos quisquillosa
a la hora de comer, que conozco

D.W. LA QUISQUILLOSA

Orginally published in the United States by Little, Brown and Company,
under the title D.W. THE PICKY EATER.

1-930332-42-4

Printed in the U.S.A.

12 11 10 9 8 7 6 5 4 3 2 1

Library of Congress Cataloging-in-Publication data is available.

D.W. y su hermano, Arturo, ayudaban a su mamá
a guardar la comida que habían comprado.
—¡Qué asco! —dijo D.W.—. Yo no pienso comer esto.
—Pero si ni siquiera lo has probado —dijo mamá.
—Pero fíjate cómo me mira —dijo D.W.

—No como nada que tenga ojos, ni pepinillos, tomates, setas, berenjenas, piña, nabos ni coliflor. Bueno. . . quizás algunas cosas más. Nunca, en un millón de años, comería hígado y, más que nada en el mundo, ¡odio las espinacas!

—Admítelo —dijo Arturo—. Eres quisquillosa a la hora de comer.

El miércoles, el papá de D.W. quiso darle una sorpresa preparándole el almuerzo.

—¿Te comiste todo el sándwich? —le preguntó de regreso a casa.

—Se cayó al piso —dijo D.W.—. Fue un accidente.

El jueves, a la hora de cenar, D.W. hizo como que probaba los camarones a la hawaiana.
—Te vi —susurró Arturo.

El viernes Emily invitó a D.W. a cenar en su casa.
—¡Vamos a comer espaguetis! —dijo Emily.
—Quiero el mío sin salsa —pidió D.W.—. Me gusta sin nada.
—¡Pero si la salsa es lo mejor! —dijo Emily.

—¿Esas cositas verdes son espinacas? —preguntó D.W. cuando le sirvieron los espaguetis.

—Es perejil —dijo Emily—. Pruébalo.

Mientras los demás comían, D.W. se limitó a mover su comida de un lado a otro, haciendo montoncitos.

—Jamás vas a dejar tu plato limpio si sigues así —dijo Emily.

El sábado, D.W. y su familia fueron a comer a un restaurante.
—¡La ensalada tiene espinacas! —gritó D.W.
—Sólo te pido que la pruebes —dijo mamá.
—Va a agarrar una rabieta —advirtió Arturo.
—Por favor, pruébala —pidió papá.

—¡No! —dijo D.W., y dio un golpe con el puño en el plato de ensalada.

—¡Qué vergüenza! —dijo mamá.

—No te llevaremos más a un restaurante —le advirtió papá.

A partir de ese día, la familia salió a cenar sin D.W.

—De todas maneras, yo prefiero quedarme en casa con la señora Regañona.

Lo único que permitía la señora Regañona para merendar eran trocitos de zanahoria. Y a las ocho en punto, siempre decía:

—Es hora de acostarse. ¡Venga, vamos, de prisa, como un conejito!

Una mañana, durante el desayuno, Arturo daba vueltas a una diminuta sombrilla de papel.
—¿Dónde conseguiste eso? —preguntó D.W.
—En el restaurante chino —dijo Arturo—.
¡Fue muy divertido!
D.W. empezó a preguntarse qué se estaría perdiendo quedándose en casa.

—Mañana es el cumpleaños de la abuela Thora —anunció mamá—. ¡Vamos a celebrarlo en grande!

—¡Yo quiero ir! —dijo D.W.

—Tendrás que comer lo que haya en el menú —dijo papá.

—Lo haré —dijo D.W.
—Tendrás que probar cosas nuevas —dijo mamá.
—Lo haré —dijo D.W.
—¿Incluso si es verde y parece una hoja? —preguntó Arturo.

El sábado por la noche todo el mundo se vistió elegante. D.W. se puso los zapatos negros con lazos, a pesar de que le quedaban apretados.

—¡Feliz cumpleaños, abuela Thora! —dijeron al unísono Arturo y D.W.

“Espero que tengan espaguetis sin salsa” rogó D.W.

Como la silla era muy grande, D.W. se puso contenta. “Así nadie me verá si tengo que deshacerme de algo asqueroso”, pensó.

—Mi nombre es Ricardo —dijo el camarero—. Aquí traigo un asiento especial para la señorita.
—Muchas gracias —dijo D.W.—. ¿Tienen algún plato con sombrillitas? —le preguntó.
—No, lo siento —dijo el camarero.

Todos pidieron menos D.W.

—Será mejor que traiga el menú de niños —dijo Arturo.

Papá le leyó el menú a D.W.

—Decídete —dijo papá.

—Bueno, creo que voy a pedir el pastel “La Gallinita Roja” —dijo D.W.

Cuando trajeron la cena, todos miraron a D.W., esperando que probara la comida.
—¡Esto está buenísimo! —dijo D.W.
D.W. siguió comiendo más y más.
Se tomó toda la leche.

—¡Muy bien! —dijeron mamá y papá.
—Estoy muy orgullosa de ti —dijo la abuela Thora.
Arturo miró debajo de la mesa.
—¿Dónde lo has echado? —le preguntó.

—Me gustó tanto que lo podría comer todas las noches —dijo D.W.—. ¿Me lo puedes hacer en casa, por favor?
—Tendré que pedir la receta —dijo mamá.

—¡Qué bien ha comido la señorita! —dijo el camarero cuando vino a retirar los platos.

—Estaba delicioso —dijo D.W.—. ¿Cómo se prepara?

—Es muy sencillo —dijo el camarero—. Se prepara una masa de hojaldre y se rellena con . . .

. . . ¡un montón de espinacas!

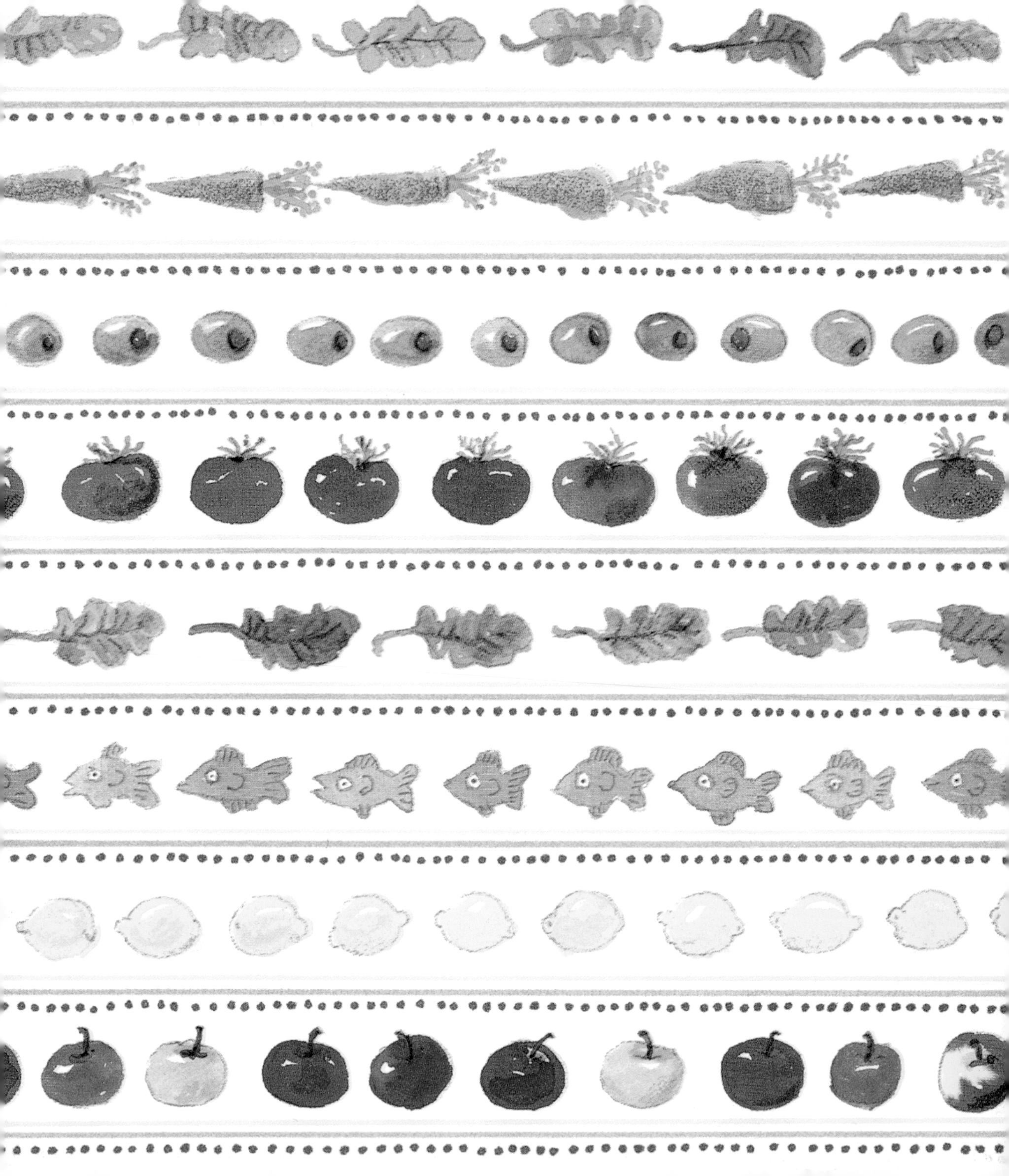